돌하우스
그녀들의 이야기

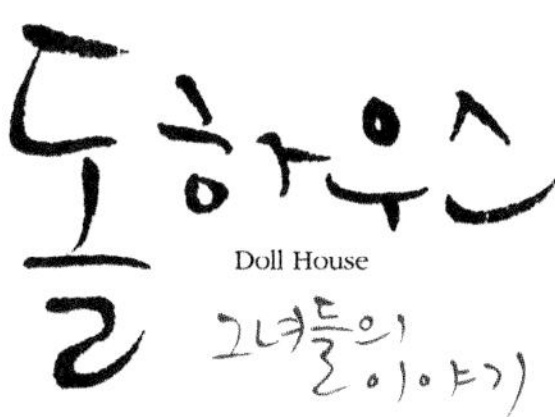

달과소

아이의 노래

Peter Handke

아이가 아이였을 때
팔을 휘저으며 다녔다
시냇물은 하천이 되고
하천은 강이 되고
강도 바다가 된다고 생각했다

아이였을 때 자신이 아이라는 걸 모르고
완벽한 인생을 살고 있다고 생각했다
아이가 아이였을 때
세상에 대한 주관도, 습관도 없었다

책상다리를 하기도 하고 뛰어다니기도 하고,
사진 찍을 때도 억지 표정을 짓지 않았다
아이가 아이였을 때 질문의 연속이었다
왜 나는 나이고 네가 아닐까?
왜 난 여기에 있고
저기에는 없을까?
시간은 언제 시작되었고
우주의 끝은 어디일까?
태양 아래 살고 있는 것이 내가 보고 듣는 모든 것이
모였다 흩어지는 구름조각은 아닐까?
악마는 존재하는지, 악마인 사람이 정말 있는 것인지,
내가 내가 되기 전에는 대체 무엇이었을까?
지금의 나는 어떻게 나일까?
과거엔 존재하지 않았고 미래에도 존재하지 않는
다만 나일 뿐인데 그것이 나일 수 있을까..

아이가 아이였을 때
시금치와 콩, 양배추를 억지로 삼켰다
그리고 지금은 아무렇지도 않게 모든 것을 잘먹는다
아이가 아이였을 때
낯선 침대에서 잠을 깼다
그리고 지금은 항상 그렇다

옛날에는 인간이 아름답게 보였지만
지금은 그렇지가 않다
옛날에는 천국이 확실하게 보였지만
지금은 상상만 한다
허무 따위는 생각 안 했지만
지금은 허무에 눌려 있다
아이가 아이였을 때
아이는 놀이에 열중했다
하지만 지금에 와서 열중하는 것은 일에 쫓길 뿐이다

아이가 아이였을 때
사과와 빵만 먹고도 충분했다
지금도 마찬가지다
아이가 아이였을 때 딸기만 손에 꼭 쥐었다
지금도 그렇다
덜 익은 호두를 먹으면
떨떠름했는데 지금도 그렇다
산에 오를 땐 더 높은 산을 동경했고
도시에 갈 때는 더 큰 도시를 동경했는데 지금도 역시 그렇다
버찌를 따러 높은 나무에 오르면 기분이 좋았는데 지금도 그렇다
어릴 땐 낯을 가렸는데 지금도 그렇다
항상 첫눈을 기다렸는데 지금도 그렇다
아이가 아이였을 때 막대기를 창 삼아서 나무에 던지곤 했는데

창은 아직도 꽂혀 있다.

어린 시절에는 인형을 가지고 놀다가 인형과 함께 잠이 들었습니다. 사춘기를 지나고 점점 어른이 되면서 인형과 멀어졌지만, 마음 속 한 편에는 어린 시절에 가지고 놀았던 인형들이 늘 자리하고 있었습니다. 인형은 나의 놀이 친구이자, 내 꿈을 함께 나누었던 나의 또 다른 자아였기 때문입니다.

삶에 지친 어른들에게 어린 시절로 퇴행하는 놀이는 심리적 안정과 치유 효과를 준다고 합니다. 그래서인지 가끔 외롭거나 의기소침해질 때마다, 저는 제 마음 속 인형들을 들여다 보았습니다. 어렸을 때 제게 꿈과 희망을 주었던 그녀들은 어른이 된 제게 또 다시 위로와 용기를 건네주었습니다.

〈돌 하우스, 그녀들의 이야기〉는 상상 속에서 만들어 낸 제 인형들의 이야기입니다. 하지만 이는 제 자신의 이야기이기도 하고 같은 시대를 살아가고 있는 또 다른 이들의 이야기이기도 합니다.

어렸을 적 그림 동화책을 보듯이 재미있고 편안하게 읽혀졌으면 좋겠습니다. 인형들의 이야기를 보며 상처받은 마음을 보듬고 어린 시절에 꿈꾸었던 꿈과 희망을 되찾을 수 있다면 더욱 좋겠습니다. 바쁜 삶 속에서 작은 쉼표 하나가 되기를 소망해봅니다.

언제나 추억할 수 있는 소중한 유년의 기억을 만들어주신 나의 엄마, 아빠께 감사 드립니다.

이승은

Prologue

마리

인형놀이

#1.

소녀는 인형을 무척 좋아했습니다.

예쁜 구두나 신나는 게임기도 좋았지만, 그 보다

인형이 훨씬 더 좋았습니다.

생일 선물로 너무너무 갖고 싶었던 인형 에밀리를 받았습니다.

소녀는 너무너무 행복했습니다.

평생 에밀리하고 떨어지지 않겠다고 맹세했습니다.

프롤로그

소녀와 소녀의 친구들은 만나면 인형 놀이를 했습니다.

놀이터에서 뛰어 놀거나 게임을 하기도 했지만,

그녀들이 제일 좋아했던 놀이는 인형 놀이였습니다. 인형 놀이 속에서

그들은 멋진 숙녀가 되었고 공주님이 되었습니다.

#3.

소녀는 점점 자랐습니다.

이제 그녀는 더 이상 인형 놀이를 하지 않았습니다.

그 보다는 좋은 직업을 갖고 최신 유행 패션에 대해 이야기 하고

멋진 연예를 하는 것에 더 관심이 많았습니다.

그녀는 공부하거나 일을 하지 않을 때에는 친구들과 함께 쇼핑을 하고

춤을 추고 멋진 곳에서 데이트를 즐겼습니다.

하지만 어느 날 그녀가 잠에서 깨었을 때,

그녀의 가슴 속은 텅 비어 아무 것도 남아있지 않았습니다.

어른들의 놀이는 끊임없이 감정을 소모했을 뿐,

아무 것도 새로 채워주지 않았습니다.

그녀는 문득 어렸을 때 좋아했던 놀이들을 떠올렸습니다.

놀고 난 뒤의 느낌을 떠올렸습니다.

'왜 잊고 있었을까? 내가 정말 좋아했었는데….'

그녀는 한동안 잊고 있었던 인형 에밀리를 꺼내었습니다.

예전처럼 에밀리를 가지고 놀며 공주가 되지는 않았습니다.

하지만 에밀리를 바라보는 것만으로도 어렸을 때의 놀이를

떠올려보는 것만으로도 텅 비었던 그녀의 가슴 속에

무엇인가 따뜻한 힘으로 가득 채워지는 것을 느꼈습니다.

1장. I am Happy

하늘에서 놀던 오후

#1.

비가 갠 뒤, 하늘이 더욱 높고 푸르러졌습니다.

애이미와 린이를 데리고 하늘 공원으로 소풍을 갔습니다.

사방이 탁 트인 하늘 공원에 오르니,

푸른 하늘과 길이 서로 맞닿아 있었습니다.

손을 높게 뻗어 올리면 손끝이 하늘에 닿을 듯,

저 모퉁이 길을 돌아가면 하늘로 가는 문이 열릴 듯,

하늘이 무척 가깝게 느껴졌습니다.

CAMP
BREIT LIGHT
CAMP
BREIT
LIGHT

#2.

에이미와 린이는

서로 누가 먼저 하늘에 도착하나 달리기 시합을 했습니다.

하지만 하늘은 꼬마들과 숨바꼭질을 하듯 계속 닿을 듯 말 듯

애를 태웠고 결국 닿을 수 없었습니다.

저는 천천히 뒤따라 걸었습니다.

사그락 사그락 풀잎에 닿는 바람 소리가 문득 쓸쓸함을 느끼게 했습니다.

계절은 비슷했던 지난 계절의 어느 날을 떠올리게 했습니다.

"어떻게 사랑이 변할 수 있을까?"

혼잣말처럼 지나가는 바람에게 물었습니다.

"이 세상에 변하지 않는 것은 아무 것도 없어.

네가 좋아하는 이 푸른 하늘이 네가 좋아했던 그 하늘과 똑같을까?

방금 네 머리카락을 스치고 지나간 바람과

지금 네 어깨 위를 토닥거리는 바람 역시 똑같지 않아.

모든 것은 찰나에 존재할 뿐이야.

세상은 다 그렇게 변하고 그렇게 흘러가.

변하는 건 나쁜 것도 아니고,

누구의 잘못도 아니야. 그저 변하는 것이야."

바람의 속삭임을 듣고 가슴이 먹먹해졌습니다.

#4.

에이미가 하늘 위를 걷는 흉내를 냈습니다.

그 모습을 보며 저도 한 없는 자유로움을 느꼈습니다.

"음냐 음냐…. 흡!"

린이는 이 하늘의 공기를 몽땅 다 마셔버릴 기세였습니다.

콧구멍은 벌름벌름, 양볼은 터질 듯 빵빵하게 부풀어 올랐습니다.

두 눈이 쟁반만해졌습니다.

제 가슴 속에도 따스한 공기가 가득 채워졌습니다.

마음이 편안해졌습니다.

CAMP
BRELL
LIGHT

＃6．

하늘 공원에서 놀다 보니,

우리들은 시간 가는 줄 몰랐습니다.

어느 새 우리들의 그림자가 많이 길어져 있었습니다.

이제는 집으로 돌아갈 시간이 되었습니다.

여행

#1.

하루 동안의 짧은 여행을 떠났습니다.

이번 여행의 동행은 반디와 카메라뿐이었습니다.

특별한 계획도 목적도 없었습니다.

그저 어떻게든 어디로든 떠나고 싶었습니다.

#2.

아무 것도 하지 않았습니다.

제 멋대로 자란 들꽃들 사이를 걷고

푸른 하늘을 바라보기만 했을 뿐이었습니다.

꽃도 하늘도 제 것이 아니었지만, 바라보는 것만으로 행복했습니다.

삶도 여행과 같다는데, 왜 삶 속에서는 여행 떠나온 것처럼

이렇게 여유롭고 너그러운 마음을 가지지 못했을까,

왜 들쑥날쑥 제멋대로 자란 들풀들을 보는 마음으로

세상을 보지 못했을까, 후회했습니다.

#3.

민들레 홀씨를 후- 불어 바람에 날려 보냈습니다.

민들레 홀씨들이 두둥실 하늘로 퍼졌습니다.

바람에 실려 낯선 세상 어딘가에 도착하면

그 곳에 뿌리를 내리고 샛노란 꽃을 피우겠지요.

우리들은 모두 다 여행자였습니다.

누가 더 나을 것도 없고 못할 것도 없었습니다.

그래서 언제 어디서든 세상 누구와도 무엇과도

통할 수 있었습니다.

삶은 혼자 걸어가는 길이라고 생각했습니다.

하지만 삶은 외롭지 않았습니다.

오히려 삶은 한 번도 혼자였던 적이 없었습니다.

#4.

여행은 짧든 길든 상관없이 참 신기한 힘을 가졌습니다.

눈물 나도록 무기력하고 의기소침했던 일상에

다시 생기를 불어넣어주니 말입니다.

반디와 저는 다시 집으로 향했습니다.

떠나올 때는 떠나고 싶어 그렇게 안달했던 그 곳이,

이제는 돌아갈 곳이 있어 기뻤습니다.

세상은 그대로였지만, 분명 어제와 달랐습니다.

사기가 하늘을 찌르고 여유가 흘러 넘쳤습니다.

뭐든 잘 해나갈 수 있을 것이라는 긍정의 에너지가 솟았습니다.

저는 그렇게 제 자리로 다시 돌아 왔습니다.

I'm Happy

#1.

어느 주말 오후, 수와 함께 말들이 있는 목장에 갔습니다.

드넓은 잔디 위에 말들이 한가롭게 거닐고 있었고

하얀 펜스들이 기찻길처럼 초록 풀밭 위에 줄지어 이어져

있었습니다.

그리고 그 위로 하늘이 끝도 없이 펼쳐져 있었습니다.

그 곳에서 데이트를 즐기던 한 커플은 뒷모습조차 아름다워

보였습니다.

제가 살던 곳에서 그리 멀리 떨어진 곳도 아니었는데

마치 다른 세상 같았습니다.

넓은 목장 안에서 말들은 띄엄띄엄 흩어져 있었는데,

대부분 풀을 뜯어 먹고 있었습니다.

가끔 몇몇 녀석들만 사람들 가까이로 다가와 기꺼이 사진 모델도

해주고, 갑자기 '푸르릉' 콧바람을 뿜어내

사람들을 깜짝 놀라게 하기도 했습니다.

어디를 가나 재미 있으라고 일부러 할당해 놓은 것처럼

꼭 쇼맨십이 있는 부류들이 있는데,

말들의 경우에도 예외는 아니어서

키득키득 웃음이 났습니다.

#3.

저와 수는 각자 좋아하는 음악을 들으며

늦은 오후의 광합성을 즐겼습니다.

굳이 서로 말을 나누지 않아도

우리는 외롭지 않았고 심심하지도 않았습니다.

그저 평화로운 주말 오후였습니다.

저는 문득 펼쳐져 있던 수의 수첩을 보았습니다.

수첩에는 'I'm happy'라고 적혀 있었습니다.

그것을 보고 저는 빙긋이 미소를 지었습니다.

행복이 정확히 무엇인지 잘은 모르지만,

행복했다는 느낌은 그것이 지난 뒤에야

어렴풋이 알게 되는 경우가 많습니다.

생각해보면 행복은 그다지 대단한 조건이 필요 없이

그냥 마음으로 느꼈던 것 같습니다.

그 날도 수의 수첩에 적힌 글, 수의 행복해 보이는 얼굴,

조용하고 평화로운 이 곳,

제 주위에 온통 행복이 떠다니고 있었습니다.

행복은 옆에 있는 다른 이들에게도 전염되는 모양입니다.

수에게서 옮겨진 이 행복의 도미노가

세상 끝까지 이어진다면 좋겠습니다.

I'm happy...

길 위에서

#1.

바람이 살랑살랑 불던 어느 날 아침,

연두와 길을 나섰습니다.

하늘은 끝도 없이 푸르고

길 가에는 예쁜 꽃들이 알록달록 피어 있었습니다.

날아가는 새들이 고운 노랫소리를 들려주었고,

시원한 바람이 우리들의 땀을 식혀 주었습니다.

우리들은 흥얼흥얼 콧노래를 부르며 천천히 길을 걸었습니다.

그런데 갑자기 연두가 걸음을 멈추고

두 눈을 반짝이며 어딘가를 바라보았습니다.

길 옆에 있던 덤불이었습니다.

연두는 덤불 앞으로 뛰어가더니

그 안을 헤집고 나가기 시작했습니다.

저는 연두를 꼭 붙잡았습니다.

"연두야, 위험해. 그 쪽에는 길도 없잖아."

그러자 연두가 무슨 대단한 비밀이라도 알려주는 것처럼

제 귓가에 소곤소곤 속삭였습니다.

"저 안에는 틀림없이 잠자는 숲 속의 공주가 잠들어 있을 거야.

커다란 용이 지키고 있겠지만 몰래 살짝 들어가서

공주를 구해 올 거야."

어느 새 저도 연두의 손에 이끌려

덤불 속으로 따라 들어 가고 있었습니다.

연두는 자기 마음이 내키는 대로 어디든 걸었습니다.

하지만 저는 길을 잃을까 무척 조바심이 났습니다.

그래서 열심히 주위를 두리번거렸습니다.

무언가 이정표 같은 것을 찾아 의지하고 싶었지만,

숲 속은 모두 비슷비슷한 나무와 풀들뿐이었습니다.

'헨젤과 그레텔처럼 하얀 조약돌이라도 주워올 걸….

아니, 그 보다는 연두를 말렸어야 했는데….'

저는 점점 어지럽고 진땀이 나기 시작했습니다.

덜컥, 제 마음 속에 두려움이 자리잡기 시작했습니다.

#4.

다행인지 불행인지 아무리 가도 또 가도

동화 속 궁전은 나타나지 않았습니다.

성을 지키고 있다던 무서운 용의 공격도 없었습니다.

그리고 그 숲 속 끝자락에서 우리들은 새로운 길을 만났습니다.

"휴~"

저는 얼른 길 위에 두 발을 내디디며 안도의 숨을 내쉬었습니다.

어른들은 길을 잃지 말아야 합니다.

그래서 괜한 모험을 좋아하지 않는 어른들에게 길은

선택이 아닌 필수였습니다.

하지만 저는 연두 덕분에 잠시 길에서 벗어난 곳을 걸었습니다.

다시는 그 곳을 쳐다보지도 않을 줄 알았는데,

저도 모르게 자꾸만 그 곳을 뒤돌아 보게 되었습니다.

#5.

'혹시 알아? 아무도 몰랐던 멋진 곳을 내가 발견하게 될 지.

길이 없던 그 곳에 새로운 길을 만들게 될 지.

정 두려우면 헨젤과 그레텔처럼 새하얀 조약돌을 준비하면 되잖아.'

연두가 깨운 숲 속의 잠자는 공주는 제 마음 속에 있었나 봅니다.

제 가슴 속에서 호기심이 꿈틀거리기 시작했습니다.

저는 조금씩 소심한 모험을 꿈꾸기 시작했습니다.

제가 떨어뜨린 새하얀 조약돌들이

띄엄띄엄 반짝일 그 곳을 상상했습니다.

꽃 잎의 추억

더 이상 일상에서 감동받을 일이 없다고 느낄 때,

그냥 풀밭을 천천히 걸었습니다.

바쁘게 지나쳐 다닐 때는 미처 보지 못했던 것들이

새록새록 드러났습니다.

이름 모를 작은 꽃 한 송이 조차도 오밀조밀 얼마나 예뻤는지!

얼마나 섬세했는지!

＃2.

이렇게 멋진 세상을 화폭에 담아보겠다며

미쉘이 그림 도구들을 펼쳤습니다.

하지만 미쉘은 아무것도 그릴 수 없었습니다.

아무리 물감들을 섞어보아도 빛나는 햇빛과

반짝이는 잎사귀들을 그릴 색을 만들 수 없었기 때문입니다.

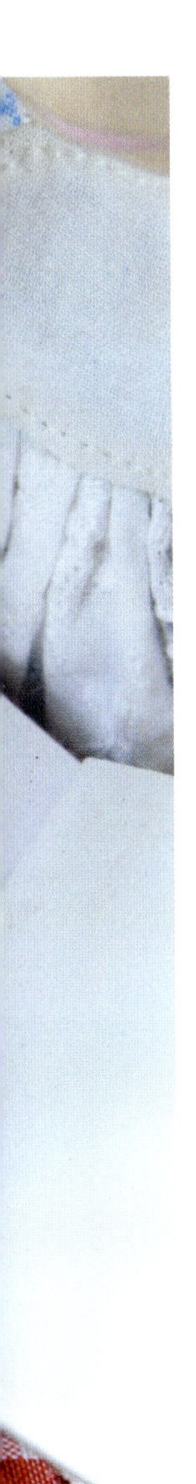

#3.

미쉘은 바닥에 떨어져 있던 작은 꽃 한 송이를 주웠습니다.

그녀는 그 꽃을 책갈피 사이에 꽂고 책을 꾸욱 눌러 덮었습니다.

살다 보면 늘 반복되었던 것처럼

눈부시게 아름다웠던 그 날의 모습도,

책 사이에 말려두었던 꽃 한 송이도, 모두 잊을 지 모릅니다.

하지만 어느 날 우연히 그 책을 펼쳐 들었다가 곱게 말려진

꽃 한 송이를 발견하면 그 날을 기억하겠지요.

뜻 밖에 발견한 누렇게 마른 꽃잎들은

마치 흐릿하고 빛 바랜 흑백 사진처럼

아련한 추억을 가져다 주겠지요.

나무 타기

#1.

"요이, 계속 바라만 보지 말고 나무 위에 직접 올라가 봐."

"그러고 싶지만, 무서워."

"그럼 계속 바라만 보고 있을 거니?"

"내가 할 수 있을까?"

"내가 네 옆에 있어 줄게."

#2.

요이는 심호흡을 한 번 크게 하고 나무에 올라타기 시작했습니다.

여러 번 떨어질 뻔했고 스스로 포기하려 했던 적도 있었습니다.

하지만 누구도 요이를 대신 할 수는 없었습니다.

요이 스스로 결정하고 혼자 감당해야 했습니다.

더구나 그것은 요이가 원했던 일이었습니다.

#3.

갓 태어난 어린 생명도 세상에 태어나면

스스로 숨을 쉬어야 하고,

자기 힘으로 음식을 삼켜야 하니,

홀로 감당해야 하는 삶의 무게는 세상에 태어나면서부터

시작되는 것이지요.

돌이켜 보면 크든 작든 혼자서 어려운 순간에 맞닥뜨릴 때마다

힘들지 않고 겁나지 않았던 적은 한 번도 없었습니다.

그러니 엄살 부리지 말고, 늘 해 왔던 대로 해 나가면 될 것입니다.

그래도 때때로 힘든 문제에 부딪힐 때면

스스로 주문을 외우며 용기를 냈습니다.

"원했던 것이잖아. 할 수 있어."

Replay of the sea

꼬박 여섯 시간 동안 기차를 타고 바다에 도착했습니다.

코코는 바다가 처음이었습니다.

바다 앞에 선 코코는 한동안 입을 벌린 채 멍하니

바다만 바라보았습니다.

코코는 바닷가 모래 사장 위를 뛰어 다니며, 조개 껍질을 모으고,

모래성을 쌓았습니다. 또 눈을 감고 조용히 앉아 파도 소리에 귀를

기울이기도 했습니다.

그러다 갑자기 두 손을 입가에 모으고 바다를 향해 이렇게 외쳤습니다.

"바다야, 너는 정말 멋져!"

철썩철썩- 코코는 잠시 파도 소리에 귀를 기울이고 다시 소리쳤습니다.

"나도 너랑 좋은 친구가 되고 싶어!"

철썩철썩-

그런데 제가 잠시 한 눈을 파는 사이에 일이 벌어졌습니다.

코코가 바다로 달려 갔던 것입니다.

바다를 향해 뛰어가며 원피스와 신발, 그리고 양말을 차례대로

벗어 던졌습니다.

팬티만 입은 채 그대로 바닷물 속에 퐁당 뛰어 들었습니다.

아직은 바닷물이 차가울 텐데….

"엣취!"

아니나 다를까 코코는 바닷물 속에 들어가자마자

오돌오돌 떨며 재채기까지 했습니다.

#4.

연신 재치기를 해대는 코코 때문에,

우리는 서둘러 집으로 돌아갈 채비를 했습니다.

그 와중에도 코코는 또 다시 바다를 향해 소리쳤습니다.

"바다야, 또 올게. 잘 있어~! 엣취!"

바다를 향해 손을 흔들며 제게 물었습니다.

"언니는 바다에게 인사 안 해요? 바다는 아까부터 언니한테도

인사하고 있는데….

'잘 가세요, 또 만나요, 철썩철썩-'

이제까지 코코는 정말로 바다와 이야기를 나누었던 것입니다.

#5.

집으로 돌아오는 차 안에서 코코는 담요에 폭 싸인 채

소라껍데기를 귀에 대고 있다가 잠이 들었습니다.

저는 잠이 든 코코에게서 살며시 소라껍데기를 떼어

제 귀에 대 보았습니다.

그러자 바다가 오래 전 소라 껍데기 안에 레코딩해 둔

옛 이야기들이 아득하게 들려오기 시작했습니다.

저는 코코처럼 바다의 이야기를 알아들을 수는 없었지만,

바다의 이야기를 듣는 내내 제 마음은 무척 평온해졌습니다.

소라껍데기 안에서는 그런 바다의 이야기가

끊임없이 리플레이 되고 있었습니다.

나 어렸을 적에

#1.

"자, 지금부터 책 읽어 줄게. 잘 들어.

특히 원숭이군, 졸면 안 돼. 다 읽고 나면 시험 볼 테니까."

꼼순이가 인형 친구들을 모아 놓고,

선생님처럼 의젓하게 말했습니다.

그리고 낭랑한 목소리로 책을 읽기 시작했습니다.

그렇게 한 십여 분쯤 흘렀을까요?

"마녀느은, 마법에 주무운으을, 주무우으…."

늘어진 테이프처럼 꼼순이의 목소리가 점점 작아지고
느려졌습니다.

그리고 눈꺼풀이 점점 내려 오더니,

어느 새 눈을 감고 손에 들고 있던 책도 놓아 버리고

고개를 끄덕거리며 졸기 시작했습니다.

그리고 조금 뒤 꾸벅꾸벅 졸던 고개가

침대에 푹 고꾸라지더니,

깜짝 놀란 토끼 눈을 하고 잠에서 깼습니다.

눈을 비비고 고개를 좌우로 세게 흔들며 잠을 쫓았습니다.

#3.

찌릿-! 잠이 깬 꼼순이는 느닷없이 인형들을 흘겨보았습니다.

그리고 큰 소리로 호통쳤습니다.

"너희들! 내가 졸면 안 된다고 했지? 이러다 정말 빵점 맞고 싶어?

원순이군, 이리 앞으로 나와 손 들고 서 있어!"

꼼순이는 자기가 졸아 놓고 괜히 죄 없는 인형들을 혼냈습니다.

#4.

저는 어렸을 때 동생이 없어서 그랬는지,

인형들을 유난히 좋아했습니다.

저도 꼼순이처럼 인형들을 조르르 앉혀 놓고

책을 읽어 준 적이 많았습니다.

그러다 가끔은 몇몇 인형들에게 수업 시간에 졸았다느니

시험 점수가 빵점이라느니 하면서 곤장을 때리기도 했습니다.

아마도 제 인형들은 많이 억울했을 것입니다.

기껏 놀아줬더니 억울한 누명을 씌워 곤장을 때렸으니까요.

요즘도 인형들을 볼 때면 가끔 그 때가 생각나서

혼자 빙긋이 미소 짓곤 합니다.

언제나 따뜻한 눈빛으로 친구가 되어 주었던,

어렸을 적 제 인형 친구들이 많이 보고 싶습니다.

2장. 사랑을 시험하다

별이　　앨리스　　꼬마벳시　　나영　　니키　　마이클　　요이　　린이

나의 곰돌이

#1.

별이가 밖에서 놀다 집으로 돌아오는 길에

우연히 길가에 버려진 곰 인형 하나를 발견했습니다.

별이는 주위를 두리번거리며 곰 인형의 주인을 찾아보았지만

찾을 수 없었습니다.

한 아주머니께서 낡고 더러워진 곰 인형이라며

버리든지 그냥 가져가든지 하라고 하셨습니다.

별이는 곰 인형을 안고 집으로 돌아왔습니다.

욕조 안에 비눗물을 풀고 곰 인형을 깨끗이 씻겨주었습니다.

한결 말끔해진 곰 인형은 훨씬 더 잘생겨 보였습니다.

별이는 곰 인형이 너무 좋아서

물기가 다 마르는 것을 채 기다리지 못하고

물이 뚝뚝 떨어지는 곰 인형을 꼬옥 안아주었습니다.

별이는 곰 인형에게 곰돌이라는 이름을 붙여주었습니다.

그리고 밥을 먹을 때나 밖에서 놀 때나 잠을 잘 때나,

하루의 대부분을 곰돌이와 함께 했습니다.

가끔 맛있는 과자가 생기면 혼자 다 먹지 않고

곰돌이를 위해 남겨두었습니다.

재미있는 책이 생기면 곰돌이 앞에 놔두었습니다.

또 작은 곰 인형을 선물하기도 했습니다.

#4.

별이는 곰돌이가 아무도 보지 않을 때 먹고 돌아다닌다고 믿었습니다.

그래서 나가는 척 하면서 갑자기 휙 뒤를 돌아보기도 하고

몰래 숨어서 곰돌이를 지켜보기도 했습니다.

하지만 곰돌이는 미동도 하지 않았습니다.

곰돌이를 위해 남겨둔 케이크도 늘 그대로 있었습니다.

그래도 별이는 곰돌이를 좋아했습니다.

한 번 버려졌던 마음의 상처를 가지고 있을 곰돌이에게

정말 좋은 친구가 되고 싶었습니다.

누군가에게 이름을 지어주는 일,

누군가에게 물이 뚝뚝 흘러도 신경 쓰지 않고 꼭 안아주는 일,

누군가에게 자기가 좋아하는 맛있는 음식을 나누어주는 일,

누군가와 재미있는 놀이를 함께 하는 일,

누군가의 상처를 아프지 않게 해주는 일,

곰돌이가 움직이든 움직이지 않든

곰돌이는 이미 별이의 마음 속에서 살아 있는 존재였습니다.

살아있다는 것은

숨을 쉬고 심장이 뛰는 것만을 의미하는 것은 아닐 지도 모릅니다.

어쩌면 별이가 잠이 든 뒤에 아무도 보지 않는 시간에는

정말로 곰돌이가 밤새 별이 곁을 지킬 지도 모를 일이었습니다.

단벌 숙녀

#1.

아기 돼지 앨리스에게는 옷이 한 벌뿐이었습니다.

그래서 한 번 입고 나면 깨끗이 손질해서 잘 다린 뒤에

옷걸이에 반듯하게 걸어 두었습니다.

그리고 소중한 드레스가 더러워질까,

혹은 뜯어질까 걱정하며,

집 안에 있을 때에는 팬티만 입고 지냈습니다.

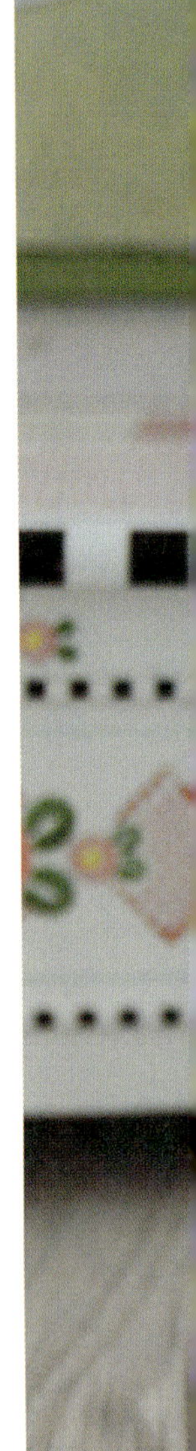

#2.

반면 꼬마 벳시는 옷이 아주 많았습니다.

꼬마 벳시는 옷장 가득 채워진 옷들 중에 매일매일 다른 옷으로

갈아 입었습니다.

하지만 꼬마 벳시는 때때로 너무 많은 옷들이 귀찮았습니다.

날마다 어떤 옷을 입을까 고민하는 것도,

또 그 많은 옷들을 일일이 세탁하고 다려서 다시 옷장 안에

차곡차곡 정리해 두는 것도,

꼬마 벳시에게는 모두 힘든 일이었습니다.

아기 돼지 앨리스는 꼬마 벳시가 부러웠습니다.

꼬마 벳시는 아기 돼지 앨리스가 부러웠습니다.

사랑은 슬픈 건가요?

#1.

"외로이 남아 있는 웨딩 케익 누가 두고 갔나~ ♪

나는 아네 ♬ 서글픈 나의 사랑이여

이 밤이 지나가면 ♬ 나는 가네 원치 않는 사람에게로 ♬ ♪

눈물을 흘리면서 나는 가네 그대 아닌 사람에게로 ♪ ♬ ~ ~"

라디오에서 오래 전의 가요가 흘러나오고 있었습니다.

나영이는 과자를 먹으며 흥얼흥얼 노래를 따라 부르고 있었습니다.

그러다 갑자기 먹던 과자도 내려 놓고

흥얼거리던 노래도 멈추었습니다.

그리고 한숨을 푹 내쉬며 말했습니다.

"아! 너무 슬프다, 너무 슬픈 사랑 이야기야.

사랑은 슬픈 건가요?"

저는 나영이에게 아무런 대답도 해줄 수 없었습니다.

사랑에 모든 것을 걸었던 청춘의 불꽃이 사그라지면

가슴도 딱딱하게 굳어버리나 봅니다.

저는 이제 아무리 슬픈 사랑 노래를 들어도

슬픈 사랑 이야기에 가슴 아파하기 보다,

그저 살아가는 삶의 무게가 더 버겁게 느껴질 뿐이었습니다.

#3.

하지만 꿈 많은 소녀, 나영이는

두 눈을 꼭 감고 공상의 나래를 활짝 펼쳤습니다.

순정 만화 주인공 같은 로맨틱한 사랑을 꿈꾸었습니다.

가슴이 미어지고 이별의 아픔이 뼈에 사무친다 해도,

소녀에게 사랑은 너무나 낭만적인 것이었습니다.

사랑을 시험하다

#1.

가슴 설레었던 사랑이 일상에 묻혀버릴 즈음, 고민이 시작되었습니다.

우리는 종종 사랑의 깊이를 희생과 동일시하는 건 아닌지,

그렇게 사랑을 시험하는 건 아닌지….

#2.

우리가 처음으로 사랑을 고백하고 입맞춤 했던 때를 떠올려 본다면,

그건 사랑이 아닌데….

우리는 희생을 계산하고 그것으로 사랑의 크기를 측정하며

사랑을 시험하고 있었습니다.

소중했던 사랑을 이렇게 시험하게 될 줄 미처 몰랐습니다.

세상 바라보기

#1.

저도 말괄량이 꼬마 아가씨,

린이의 눈으로 세상을 바라보고 싶었습니다.

그녀는 언제나 유쾌하고 에너지가 흘러 넘쳤기 때문입니다.

#2.

‘위험! 올라가지 마시오’ 라고 쓰여진 팻말이 있었지만

그녀는 기어코 초록색 지붕 위에 올라가고야 말았습니다.

지붕 위에서 의기양양하게 외쳤습니다.

"야호! 엄청 재미있어!

정신만 바짝 차린다면 하나도 위험하지 않아.

위험할까 봐 이렇게 재미있는 걸 못 해 본다면,

정말 바보야, 바보라고!"

#3.

"왁!"

그녀는 살금살금 친구의 등 뒤로 다가가 갑자기 소리를 빽- 질렀습니다.

깜짝 놀란 친구를 보며 천연덕스럽게 말했습니다.

"서프라이즈! 내가 준비한 깜짝 선물이야!"

그녀의 친구가 눈을 흘기며 웃었습니다.

#4.

"와우! 여기서 보는 것도 꽤 멋진걸. 난 위에서도 보고,

앞에서도 보고, 뒤에서도 보고, 밑에서도 보고, 또 옆에서도 볼 거야.

왜 모두 똑같은 곳에서 똑같이 봐야 해? 이렇게 다 다른데!"

그녀가 높은 곳을 올려다 보며 거침없이 말했습니다.

여럿이 함께 간 소풍 중에, 그녀가 갑자기 사라져버렸습니다.

모두 그녀를 찾느라 야단법석이 났습니다.

그런데 잠시 뒤 그녀가 어슬렁어슬렁 나타났습니다.

"모두들 미안! 우루루 따라 다니기만 하려니 너무 지루해서…"

된통 꾸지람을 듣고도 그녀는 여전히 중얼거렸습니다.

"이렇게 백 번을 더 혼나도 난 또 혼자 구경 다닐 거야.

내 마음대로 내가 보고 싶은 곳을 찾아 갈 거야."

6

어떤 울타리도 그녀의 앞을 막을 수는 없었습니다.

그녀는 담이 있으면 넘어가고 도랑이 있으면

팔딱 뛰어서 건넜으니까요.

"새로운 길을 하나 찾았어! 훨씬 빨라. 게다가 산딸기도

주렁주렁 열려있어.

이렇게 좋은 길을 아무에게나 알려주지는 않을 테야."

그녀는 싱글벙글 함박웃음을 지었습니다.

7.

말괄량이 그녀는 남들과 똑같은 세상에 살면서도

그 안에서 무궁무진한 즐거움을 찾아낼 줄 알았습니다.

그 모습을 지켜보며 마치 흙 속에서 진주를 발견한 듯

제 눈도 번쩍 뜨였습니다.

그녀는 세상을 향해 늘 두리번거렸고

그녀의 레이더망에 걸린 어딘가로 힘차게 달려갔습니다.

생각만으로는 아무 것도 이룰 수 없다고,

당장 생각을 행동으로 옮겨보라고 그녀가 말하고 있었습니다.

첫사랑

#1.

언제부터인가 니키는
마이클의 표정과 말 한 마디에도
신경이 쓰이기 시작했습니다.
그가 웃으면 그녀도 기뻤고,
그가 찡그리면 그녀도 답답해졌습니다.
그가 먼저 그녀에게 인사를 건네거나 싱긋 웃어주면
너무 기쁜 나머지 심장이 밖으로 튀어나올 듯
벌렁거렸습니다.
하지만 그가 다른 여자 아이들과 즐겁게 이야기를
나누고 있으면 괜히 기운이 쏙 빠졌습니다.

#2.

'이런 게 사랑일까?

사랑이다, 사랑이 아니다, 사랑이다, 사랑이 아니다….'

니키는 꽃잎을 한 장 한 장 떼어내며 고민했습니다.

하지만 결국 사랑이 아닐 것이라고 믿었습니다.

사랑은 로미오와 줄리엣처럼

자기 목숨까지도 내놓을 수 있어야 한다고 생각했습니다.

#3.

그런데 갑자기 한동안 마이클을 볼 수 없게 되었습니다.

그러자 맛난 것도 먹기 싫고 좋아했던 놀이도 재미없어졌습니다.

삶이 우울했고 세상이 빛을 잃은 듯 캄캄해졌습니다.

하루 종일 마이클 생각밖에 나지 않았습니다.

아무 생각 없이 낙서를 하다 보면 마이클 얼굴을 그렸고

길을 걷다 마이클과 비슷한 사람을 보고 깜짝 놀라기도 했습니다.

몇 달 후, 그가 다시 돌아왔습니다.

그에게서 후광이 빛났고 그 후광을 중심으로

세상은 전보다 더 아름답게 빛나기 시작했습니다.

니키는 오랜 만에 상큼한 레몬 주스가

마시고 싶어졌습니다.

살아있다는 것이 행복했습니다.

붕붕 날아다닐 듯이 걸음걸이가 가벼워졌습니다.

볼이 발그레해졌습니다.

가만히 있어도 웃음이 실실 났습니다.

아마도 이 느낌이 사랑일 것 같다고 생각했습니다.

드디어 소녀에게 첫사랑이 찾아왔습니다.

시간의 정원에서

#1.

거친 시멘트 벽 위에 누군가 마구 적어 놓은 낙서들,

그리고 주위에는 초록 식물들과 푸른 이끼.

사람들은 이 곳을 '시간의 정원' 이라고 불렀습니다.

저는 이 곳의 묘한 분위기가 좋아서 가끔 들러 낙서들을 읽곤 했습니다.

주로 누가 누구랑 사랑한다는 낙서들이 대부분이었습니다.

별 내용은 없었지만, 저는 그들의 이름을 읽어보는 일이 재미있었습니다.

읽다 보면 그 이름들이 하나도 낯설지 않게 느껴졌습니다.

그들은 지금 어디서 무엇을 할까요?

사랑한다고 적었던 커플들은 지금도 계속 사랑하고 있을까요?

낙서들을 마주하고 서 있다 보면

저도 종종 낙서를 하고 싶다는 충동이 생겼습니다.

호시탐탐 기회를 노려 보았지만, 차마 실천에 옮기지는 못 했습니다.

혹시 나중에

그 낙서를 적어둔 것을 후회하지는 않을까 싶었기 때문이었습니다.

시간이라는 것은 마음 속의 뾰족한 것들을 좀 더 무디게 만들어 주지만,

무엇인가를 적어둔다는 것은 그것을 볼 때마다

그 뾰족함을 다시 날카롭게 되살리는 일이기도 했습니다.

그래서 낙서 같은 것은 철없을 때 저지르는 것이라고 생각했습니다.

#3.

저는 옆에 있던 요이를 괜히 부추겼습니다.

"요이, 너도 저기에 낙서 한 번 해 보지 않을래?"

하지만 점점 어른의 폼을 잡기 시작하는 우울한 사춘기 소년 요이가

낙서에 관심을 가질 리 없었습니다.

역시 낙서는 생각이 너무 많으면 할 수 없었습니다.

#4.

째깍째깍, 시간은 계속 흘러가고 있었습니다.

시간의 정원 안에서 많은 이들의 사연이 화석처럼 변해가고 있었습니다.

우리는 가슴 속 이야기를 한 마디도 꺼내어 놓지 못한 채,

시간의 정원을 뒤로 하고 다시 세상 속으로 걸어 나왔습니다.

어느 왕비의 무덤 앞에서

#1.

한 왕비의 능에 갔습니다.

정말 왕비는 저 커다란 무덤 속에 잠들어 있을까요?

죽은 자는 말이 없었고 산 자는 죽은 후의 일을

알 수가 없었습니다.

#2.

어쨌든 보통 사람들의 몇 배, 혹은 몇 십 배 되는 큰 무덤 안에

잠들어 있다고 해도 별로 좋을 것 같지는 않았습니다.

왕비의 무덤은 무척 크고 잘 꾸며놓았지만,

이제는 많이 낡았고, 가끔 단체로 찾아오는 어린 학생들 말고는

찾는 이 조차 거의 없어 적막함을 느낄 정도였습니다.

저는 그 곳에서 예전에 학교에서 배웠던 시조의 한 구절이

떠올랐습니다.

오백 년 도읍지를 필마로 돌아드니

산천은 유구한데 인걸은 간 데 없고….

150

왕비는 살아있는 동안 당시에 누릴 수 있는

모든 권세와 영화를 누렸을 것입니다.

하지만 이제는 몇 개의 돌상들만이 그녀의 무덤을 지키고 서 있었고,

저는 그 곳에서 인생의 무상함을 느꼈습니다.

그런데 아이러니컬하게도 인생에 대한 무상함과 쓸쓸함을 느낄수록

제 마음 한 편에서는 삶에 대한 애착과 욕망이 점점 더 커지는 것을

느낄 수 있었습니다.

인간이 누릴 수 없는 것에 대한 동경과 갈망은

영원히 끊을 수 없는 딜레마였습니다.

그날 오후 나는 왕비의 곁에 그렇게 잠시 머물러 있었습니다.

3장. 클로버만 보면

비 오는 날

#1.

만화 주인공이 그려진 노란 장화,

그리고 누군가의 우산과 바뀌어버린 낡은 빨간 우산.

비 오는 날, 그것들만 있으면 아이는 천하 무적이 되었습니다.

일부러 물이 고여있는 곳만 골라 첨벙첨벙 물을 튀며 걸었고,

우산을 뱅글뱅글 돌려 사방으로 물방울 따발총을 쏘아댔습니다.

비 오는 날의 모습은 그 때나 지금이나 별로 다르지 않은데,

이제는 비가 그렇게 반갑지만은 않습니다.

비가 오면 불편하고 안 좋은 것들이 더 많아졌기 때문입니다.

차가 막혀서 꽉 막힌 도로 위에 오도가도 못하며 서 있기 일쑤이고,

빗물에 옷이 젖어 꿉꿉해지는 것도 좋지 않았고,

실내에 들어섰을 때 나는 눅눅한 습기 냄새도 싫었습니다.

또 괜히 기분이 우울해지기도 했고 버스를 기다리다 지나가는 차가

튀기고 가는 흙탕물을 맞기도 했습니다.

#3.

그래도 예나 지금이나 아이들에게는

비 오는 날이 또 하나의 신나는 놀이터임에 틀림없었습니다.

비가 오던 어느 날,

개구쟁이 린이과 별이도 장화를 신고 우비를 입고 밖으로 출동했습니다.

비를 맞는 것도 빗물을 첨벙거리며 걷는 것도

비 오는 날에만 할 수 있는 아이들의 특별한 놀이였습니다.

아이들은 비 오는 거리를 신나게 활보했습니다.

#4.

생각해보면 비 오는 날 뿐만 아니라,

해가 쨍쨍하면 해가 쨍쨍한 대로,

눈이 오면 눈이 오는 대로,

바람이 불면 바람이 부는 대로 아이들에게는 모두 재미있는

날들이었습니다.

그래서 소풍 날에 비 오는 것 말고는, 어떤 날씨도 상관없었습니다.

아침마다 잠에서 깨어나면 눈을 비비며 창가로 달려가,

반짝이는 눈으로 매일을 선물처럼 풀어헤쳤던 어린 날의 기억들.

특히 비 오는 날이면 그 때의 기억이 더욱 선명히 떠오릅니다.

놀이공원에서

#1.

놀이공원 안에 들어서자

알록달록 예쁜 동화 속 세상이 나타났습니다.

그리고 여기저기서 사람들의 즐거운 비명 소리가 들려왔습니다.

빙글빙글 돌고 쌩쌩 달리고 하늘 높이

부웅~ 떴다가 뚝! 떨어지고… .

아찔하면서도 즐거운 그 곳은

모든 꼬마들의 눈이 번쩍 뜨이는 환상의 나라였습니다.

#2.

연두는 겁도 없이 우주 열차 앞에 대뜸 줄을 섰습니다.

360도 회전하며 떨어질 듯 내달리는 열차를 보고 침을 꼴깍 삼켰습니다.

하지만 아직 어리고 키가 작은 꼬마는

안전규정상 우주 열차를 탈 수 없었습니다.

연두는 우주 열차를 타겠다고 고집을 피우다 결국 울음을 터뜨렸습니다.

"나도 탈 수 있단 말이야! 엉엉~"

하는 수 없이 연두는 느려터진 회전목마와 꼬마 기차를 탔습니다.

별로 재미없었습니다.

그나마 입 안에서 사르르 녹는 솜사탕만이

연두의 마음을 조금 위로해줄 뿐이었습니다.

꼬마로 산다는 것이 영 따분했습니다.

뭐든지 다 할 수 있을 것 같은데 어른들은 꼬마라는 이유로

재미있어 보이는 것은 다 하지 못하게 말렸기 때문입니다.

어른들은 다 하면서….

#4.

놀이 공원 안을 좀더 둘러보니

제가 연두만큼 어렸을 때 탔던 하늘 그네가

그 때보다 더 화려해진 모습으로 아직도 그곳에 서 있었습니다.

언니와 오빠가 청룡 열차를 타러 가면

너무 어려서 청룡 열차를 탈 수 없었던 저는

혼자서 그 그네를 세 번이나 연달아 탔었습니다.

연두를 데리고 아주 오랜 만에 하늘 그네를 탔습니다.

그네가 하늘 위로 높이 높이 날아올랐습니다.

연두와 저는 새처럼 하늘을 날았습니다. 옛날의 제가 그랬듯이

연두도 우주 열차를 타지 못한 설움을 하늘을 날면서

깨끗이 털어버릴 수 있었습니다.

#5.

드르륵- 득득득

놀이공원의 한 편에서 우주 열차가 다시 출발하는 소리가 났습니다.

우주 기차는 많은 사람들을 싣고

점점 더 높은 곳을 향해 서서히 올라가고 있었습니다.

곧 우주 열차는 눈 깜빡 할 사이에 가장 높은 곳에서 쏜살같이 내려와

여러 번 뱅글뱅글 돌며 짜릿하게 내달릴 것입니다.

아직 어린 연두는 모르는 것이 있었습니다.

우리들은 모두 우주 열차에 타지 않아도 탄 것이나

다름없다는 것을 말입니다.

우리들의 삶은 우주 열차처럼

제일 높은 곳을 향해 천천히 올라가고 있습니다.

드르륵- 득득득

두 눈 동그랗게 뜨고 콩닥거리는 가슴을 억누르며

고지를 향해 점점 가까이 올라가고 있습니다.

야구장에서

"우와! 로마 시대 원형 경기장에 와 있는 것 같아."

"로마 시대 같은 건 잘 모르지만, 어쨌든 북소리 정말 멋지다! 둥둥둥! 둥둥둥!"

에이미와 연두는 야구장에 왔어. 수많은 사람들의 함성 소리와 힘찬 응원의 북소리를 들으니 무척 신이 났나 봐.

"와아! 곰 팀 파이팅! 곰 팀 홈런! 홈런!"

나는 화들짝 놀라 주위를 둘러보며 아이들에게 말했어.

"쉿! 애들아, 우린 쌍둥이 팀 응원해야 해."

"왜? 언니가 집에서부터 곰 팀 응원하라고 했잖아."

"곰 팀 응원석에 자리가 모자라서 쌍둥이 팀 자리에 앉게 되었어. 여기서 곰 팀 응원하면 역적이 되는 거야. 봐봐. 다른 사람들이 우리를 째려 보는 거 안 보여?"

에이미와 연두는 옆에 앉은 사람들을 흘끔흘끔 쳐다보았어. 그제야 다들 쌍둥이 팀을 응원하고 있다는 것을 알고는, 살짝 주눅이 든 것처럼 보였어. 하지만 이내 목을 가다듬고 다시 외쳤어.

"쌍둥이 팀 파이팅! 파이팅! 쌍둥이 팀 이겨라!"

열심히 응원해준 덕분인지, 쌍둥이 팀이 9회 말에 역전 홈런을 치고 곰 팀을 이겼어.

"빰빠빰빠빠~! 무적의 쌍둥이!"

"언니, 쌍둥이 팀 다음 경기는 언제 해?"

에이미와 연두가 물었어.

"얘네들 좀 봐. 우리가 왜 쌍둥이 팀을 응원해? 언니가 집에서부터 뭐라고 했니? 우리는 무조건 곰 팀을 응원해야 한다고 했잖아."

"이제 우리는 쌍둥이 팀을 응원해야 해. 한번 쌍둥이 팀은 영원히 쌍둥이 팀이야."

"그럴 거면 너희들은 이제 야구장에 따라오지 마. 나야말로 초등학교 때부터 한 번 곰 팀은 영원한 곰 팀이라고. 너희들보다 역사가 훨씬 길어."

"하지만 언니도 오늘 쌍둥이 팀 응원하는 거 우리가 봤어. 변절자!"

"오늘은 어쩔 수 없었다고 했잖아!. 너희들 다시는 야구장에 오고 싶지 않은 모양이구나?"

연두가 나에게 뭔가 반박하려 했지만, 눈치 빠른 에이미가 연두를 말렸어.

"조용히 해. 언니가 다시는 우리를 안 데려올지도 모른단 말이야."

"언니, 우리도 곰 팀 응원할게. 우리는 원래 곰 팀 응원하고 싶어했었어. 아까 처음에 곰 팀 응원하는 거 언니도 봤잖아. 우리 야구장에 또 데리고 올 거지?"

"그래. 알았어."

내가 고개를 끄덕이자, 에이미는 금새 얼굴이 밝아졌어. 하지만 연두는 여전히 못마땅한 표정이었지. 두 아이들이 나 몰래 뒤돌아 서서 속닥거리는 소리를 들었어

"언니는 박쥐 같아! 쌍둥이 팀에 붙었다가 곰 팀에 붙었다가."

"연두야, 더 작게 말해. 언니가 심통 나면 다시는 우리를 야구장에 안 데려올 거야. 하지만 우리는 언니 같은 박쥐가 되지는 말자. 난 다음에 곰 팀 응원석에 앉게 되도, 마음 속으로는 늘 쌍둥이 팀을 응원할 거야. 알았지?"

나의 협박에도 불구하고 아이들은 끝내 쌍둥이 팀에 대한 마음만은 저버리지 않았어. 마치 종교 재판이 끝난 뒤 갈릴레오 갈릴레이가 '그래도 지구는 돈다' 고 말했다는 일화처럼. 어쨌든 에이미와 연두를 야구장에 또 데리고 올 지 말 지, 고민 좀 해야겠어. 나 보고 박쥐라고 했으니!

여우비

#1.

후두둑!

맑은 하늘에서 갑자기 굵은 빗방울이 떨어졌습니다.

갑작스런 비에 놀라 커다란 잎사귀로 머리를 가리고

비를 피할 곳을 찾아 달렸습니다.

그러다 갑자기 생각났습니다.

이렇게 맑은 날에 비가 내리면 사람들은

'여우가 시집간다'고 말했습니다.

여우가 시집가며 흘리는 눈물, 바로 그 여우비였습니다.

어린 마음에 처음 들었던 여우비라는 말은 참 신비롭고

예쁘게 들렸습니다.

#3.

뛰다 말고 하늘을 올려다 보았습니다.

때마침 하늘 한 귀퉁이에서 이상하게 흐트러진 구름 조각들을

발견했습니다.

여우의 꼬리도 발견하지 못했지만,

그 구름들 위로 여우의 결혼식 행렬이 지나갔을 거라고 믿었습니다.

햇살 속에서 새색시 여우의 눈물이 반짝반짝 빛났습니다.

시집 간 여우가 앞으로는 울지 말고 행복하게 잘 살기를 바랐습니다.

원더우먼

#1.

며칠 전 나영이는 침대 위에 누워 붕어빵을 먹다가

그대로 잠이 들었습니다.

자면서 나영이는 손에 들고 있던 붕어빵을

번쩍번쩍 들어올렸습니다. 왜 저러나 싶었는데,

나중에 나영이가 꿈 이야기를 들려주었습니다.

나영이는 꿈 속에서 원더우먼이 되었습니다.

손목에 찬 팔찌로 적들의 무수한 총알을

번개같이 막아내고,

밧줄로 반항하는 적들을 꽁꽁 묶어 버렸습니다.

그리고 적들에게 잡혀 있던 수많은 동물들을

무사히 구출했습니다.

자유를 얻은 동물들이 드넓은 아프리카 초원으로 돌아가면서

기쁨의 환호성을 질렀습니다.

꿈에서 깨어난 나영이는 다시 눈을 감았습니다.

원더우먼 꿈을 더 꾸고 싶었기 때문입니다.

하지만 그 뒤로 이어지는 꿈은 뒤죽박죽 개꿈이었습니다.

#2.

그 날 이후로 나영이는 매일 성당에 가서 기도했습니다.

"하느님, 안녕하세요? 나영입니다. 저를 꼭 원더우먼이 되게 해주세요.

제가 원더우먼이 된다면,

언제나 약한 동물들과 불쌍한 사람들을 돕겠습니다. 아멘."

기도를 마치고 자기 몸을 이리 저리 살펴 보고는 한숨을 푹 쉬었습니다.

"오늘도 제 기도가 이루어지지 않았어요.

저는 언제쯤 원더우먼이 될 수 있을까요?"

#3.

나영이는 눈을 굴리며 이리저리 생각하다
갑자기 의자를 박차고 일어났습니다.
"이제부터는 기도만 하지 않을 거에요. 미리미리 원더우먼이 되는
연습을 같이 해야겠어요. 그러면 기도가 더 빨리 이루어지겠죠?"
나영이는 밧줄 던지기 연습부터 시작했습니다.

원더우먼, 제가 어렸을 때 텔레비전에서 보았던 그녀는

참 예쁘고 못하는 일이 없었습니다.

저도 제 마음 속에 그런 원더우먼을 그렸던 적이 있었습니다.

그런데 얼떨결에 어른이 되고 나서 보니,

나의 원더우먼은 어느덧 평범한 여자 어른의 모습으로 변해 있었습니다.

무슨 어른이 그러냐며, 어렸을 때에는 어른들에게 불만이 많았습니다.

하지만 어른이 된 제 모습은 지금까지 본 어른들 중에

가장 미숙했습니다.

저는 아직도 어른과 아이의 경계 사이에 엉거주춤 서 있곤 하니까요.

그러면서 그때의 어른들도 지금의 나처럼

외롭고 당황하고 두려웠을 거라고 이해할 수 있었습니다.

어른들도 실수하고, 모르는 것 투성이고, 할 수 없는 일이 많습니다.

그러니까 사람이지, 그렇지 않다면 정말 원더우먼이겠지요.

위로

#1.

정말로 한없이 위로 받고 싶을 때 내가 원했던 것은,

누군가 아무 말도 하지 않고 가만히 내 옆에 있어 주는 것,

등에 기대어 나 아닌 다른 이의 체온을 느끼며 쉬는 것,

그리고 눈을 감고 태양 아래 누워

따스한 햇살을 먹지처럼 그대로 빨아들이는 것.

젓가락 행진곡

#1.

꼬마는 남의 집에 가서도 피아노를 보면
그 앞을 그냥 지나치지 못했습니다.
건반을 만지작거리다 이내
피아노 의자 위로 올라 앉았습니다.

#2.

그리고 '젓가락 행진곡'을 치기 시작했습니다.

정말로 젓가락들이 일어서서

통통 행진할 것만 같은 너무도 익숙한 그 멜로디.

피아노를 치는 꼬마의 손가락도

피아노 건반 위에서 통통 튀었습니다.

#3.

'젓가락 행진곡'은 마법의 피리 소리처럼
꼬마들을 끌어당기는 힘이 있었습니다.
곧 한 친구가 피아노 옆으로 다가왔습니다.
꼬마들은 함께 '젓가락 행진곡'을 연주했습니다.

#4.

꼬마들이 칠 줄 아는 것이라고는 '젓가락 행진곡'

단 한 곡뿐이었지만, 꼬마들의 손가락은 피아노 건반 위를

종횡무진 질주하며 몇 번이고 반복해서 쳤습니다.

뚱땅뚱땅 다른 음을 치거나 서로 엇박자를 내기도 했지만,

전혀 아랑곳하지 않고 점점 더 빠르고 점점 더 흥겹게 쳤습니다.

꼬마들은 이마에 땀까지 송글송글 맺히며

피아노를 치는 데 푹 빠져 있었습니다.

그 순간에는 '젓가락 행진곡'을 연주하는 꼬마들이

이 지구 상에 존재하는 최고의 피아니스트들이었습니다.

클로버만 보면

#1.

제이미에게는 귀여운 토끼 친구가 있었습니다.

제이미의 토끼는 클로버를 가장 맛있게 먹었습니다.

그래서 제이미는 봄부터 가을까지 토끼에게 줄 클로버를

부지런히 뜯어 왔습니다.

뜯어 온 클로버의 일부는 깨끗이 말려 두었다가

겨울에도 토끼가 클로버를 먹을 수 있도록 했습니다.

제이미는 자신이 뜯어다 준 클로버를 토끼가 맛있게 먹을 때마다

참 행복했습니다.

그렇게 몇 년이 지나고

얼마 전 제이미의 토끼는 무지개 다리를 건너갔습니다.

참 오랜 동안 정을 나눈 사이였기에,

제이미는 펑펑 울었습니다.

저도 눈물이 핑 돌았습니다.

이미 여러 번의 헤어짐을 겪어보았지만,

헤어짐은 언제나 처음처럼 가슴 아픈 일이었습니다.

#3.

그리고 몇 달이 더 지났습니다.

저는 우연히 풀밭 한 가운데에 혼자 서 있는 제이미를 발견했습니다.

제이미는 클로버를 뜯고 있었습니다.

저를 발견한 제이미가 뜯어놓은 클로버를 바닥에 내려놓고

어깨를 으쓱하며 말했습니다.

"아, 저도 제가 왜 이러는 지 모르겠어요.

이상하게도 싱싱한 클로버만 보면 입 안에 침이 고여요.

그리고 한 번도 먹어보지 않았으면서 '고것 참 맛있겠다' 라고 생각해요.

오늘도 지나가다 저도 모르게 이렇게 클로버를 뜯고 있었어요.

이제는 이 클로버를 맛있게 먹어 줄 토끼도 없는데…"

제이미는 말끝을 흐리며 슬퍼했습니다.

#4.

아마도 사랑하고 정들면 서로 닮아가는 이유는

온종일 자기자신 보다 상대방을 더 많이 생각하고

배려했기 때문일 것입니다.

그래서 세상은 내가 아닌 내가 사랑하는 이를 중심으로 움직였습니다.

때로는 헤어진 뒤에도 그런 증상이 계속되곤 했습니다.

그리울 때에는 그저 그리워하는 수 밖에 없었습니다.

언젠가는 제이미도 클로버를 보며 더 이상 슬퍼하지 않고

그리움을 따뜻이 품을 날이 오겠지요.

집으로 돌아오는 길 가에

이름 모를 작고 하얀 들꽃들이 여기저기

무리 지어 피어있었습니다.

꽃들은 별처럼 총총히 빛나고 있었습니다.

오늘 제 기억의 나무에도

반짝이는 작은 꽃 한 송이가 피었습니다.

4장. 어디든 닿겠지

꼼순　　별이　　코코　　에이미　　미니　　마리

꿈이라면

#1.

'혹시 꿈이 아닐까?'

길을 걷다가, 밥을 먹다가, 혹은 지하철 안에 앉아서,

저는 문득문득 그런 생각을 했습니다.

특별히 나쁜 일이나 좋은 일이 있어서

그런 생각을 했던 것은 아니었습니다.

조금 엉뚱하게도 누구나 꿈인지 생시인지 헷갈릴 때가 종종 있듯이,

그냥 재미 삼아 '혹시 꿈은 아닐까',

'만약 꿈이라면 어떨까' 하는 상상을 했던 것입니다.

#2.

그런데 가끔은 정말로 꿈이기를 바랄 때가 있었습니다.

바로 저녁 여섯 시에서 일곱 시 사이,

다른 집의 부엌에서 솔솔 새어 나오는

저녁 밥 짓는 냄새를 맡을 때였습니다.

저는 그 냄새만으로도 남의 집 저녁 메뉴를

대부분 알아맞힐 수 있었습니다.

그리운 냄새였습니다.

#3.

'정말 꿈이 아닐까?

조금 뒤에 엄마가 밥 먹으라며 나를 깨운다면….'

저는 그리운 그 때로 되돌아갔습니다.

식탁 위에는 조금 전 냄새를 맡았던 저녁 반찬들이

모락모락 김을 내며 차려져 있었습니다.

엄마는 젊고 건강하셨습니다.

그리고 언니와 오빠도 저와 같이 어린 모습으로 앉아 있었습니다.

퇴근하고 돌아오신 아빠가 제게 볼을 비비셨습니다.

아빠의 까칠한 수염 때문에 저는 따갑다며 찡그렸습니다.

우리들은 이런 저런 이야기를 하며 저녁밥을 먹었지만,

특별히 그 밥이 맛있다는 생각은 하지 않았습니다.

늘 먹던 밥이었으니까요.

저는 점점 더 상상 속에 빠져들며

꿈과 현실이 헷갈리기 시작했습니다.

꿈에서 얼른 깨어나고 싶어 눈을 깜빡여 보고

살을 꼬집어 보았습니다.

가위에 눌렸을 때처럼 엄지손가락을 굽혀보기도 했습니다.

하지만 어떻게 해도 꿈에서 깨어나지지 않았습니다.

#4.

결국 배고픔을 참으며 스스로 밥을 차려 먹었습니다.

그런데 아무리 정성껏 만들어도 그 맛이 나지 않았습니다.

엄마에게 물어본 똑같은 레시피로 만들어 보아도

역시나 그 맛이 아니었습니다.

이제는 나이 드신 엄마가 힘들게 만들어 주신 밥이나마

미안해하며 어쩌다 얻어 먹을 수 있을 뿐입니다.

아마도 이 꿈 속에서 깨어나기 전에는

영영 그 저녁밥을 다시는 먹을 수 없을 것입니다.

아기 천사

#1.

천사, 요정, 유니콘.

제가 특별히 좋아했던 그들은 모두 날개가 있었습니다.

날개는 그들과 비슷하게 생긴 땅 위의 생물들과

그들을 전혀 다른 급으로 만들어주었습니다.

저는 오랫동안 그들의 날개를 동경했습니다.

#2.

그런데 오래 전 영화 속에서 한 천사가 자신의 날개를 버리고

늙고 병들고 고통 받는 인간이 되는 것을 보았습니다.

그는 당장 인간 세상에서 먹고 살 문제를 걱정하며 살게

되었지만, 그의 걸음걸이는 천사의 날개를 달고 있을 때보다

오히려 가벼워 보였습니다.

더 의외였던 것은 인간이 되기를 선택한 천사가 그 혼자만이

아니었다는 것이었습니다.

그보다 먼저 인간이 된 천사들은 생각보다 꽤 많았습니다.

#3.

그 때는 그 영화를 이해하지 못했지만, 이제 와 드는 생각은

아마도 천사들이 원했던 것은 살아있다는 느낌이 아니었을지….

마치 시큼하고 쌉쌀하면서도 달콤한 와인처럼,

때로는 아파서 때로는 기뻐서 눈물을 흘릴 수 있고,

허무함에 세상이 무너져버릴 듯 하지만 서로 끌어 안고 어루만지면

따뜻한 체온을 느낄 수 있는, 그런 살아있는 느낌.

#4.

저는 항상 생각합니다.

제 삶이 반짝였으면 좋겠다고,

힘차게 펄떡거리며 살아 숨쉬었으면 좋겠다고 생각합니다.

두 발을 땅에 디디고 서서 세상 구석구석을 경이롭게 바라보는

아기 천사처럼,

세상을 향한 호기심의 두 눈을 반짝이며 살고 싶습니다.

비밀의 정원

#1.

매화꽃이 필 무렵 창덕궁의 비원은

일년 중 가장 아름다운 한 때를 맞이했습니다.

매화꽃이 만개해있는 모습을 보며

무릉도원이 이와 같지 않을까 생각했습니다.

매화 꽃 사이를 누비고 다니면

바람에 흩날리는 꽃잎들이 한 잎 두 잎 눈송이처럼 떨어져

우리들의 머리 위로 어깨 위로 살포시 내려 앉았습니다.

#2.

꽃도, 봄날도 제 곁에 오래 머물지 못했습니다.

흐드러지게 핀 봄날의 꽃잎처럼

셀 수 없을 만큼 많이 남아있는 줄 알았는데,

이 아름다운 봄날은

어느덧 정점을 찍고 점점 저물어가고 있었습니다.

#3.

코코와 저는 잠시 마루 위에 걸터앉아 쉬었습니다.

옛날 사람들도 우리처럼 이 곳에 앉아있었을 생각을 하니,

기분이 조금 이상해졌습니다.

저는 마루 바닥을 쓰다듬었습니다.

같은 공간에서 시간만 다르게 존재하고 있는 사람들의 모습이

포토샵의 레이어처럼 층층이 겹쳐지는 상상을 했습니다.

어쩌면 내가 쓰다듬고 있는 것은 마루가 아니라

조선 시대 궁중에 살았던 어떤 여인의 옷자락일 지도 모를 일이었습니다.

#4.

과거의 사람들도 지금의 우리들도

모두 같은 공간 안에 살고 있음을 느꼈습니다.

그제야 조급했던 제 마음이 한결 편안해졌습니다.

영영 져버린 줄 알았던 꽃잎들도,

다시는 돌아올 수 없을 것 같았던 나의 봄날도,

이 곳에 그대로 머물러 있음을 알았기 때문입니다.

어느 봄날 비밀의 정원에서 저는 시간의 비밀을 엿보았습니다.

이제는 떠나가는 봄날을,

지고 있는 꽃잎들을,

조금 덜 안타까워하며 보낼 수 있을 것 같습니다.

보헤미안 걸

#1.

하늘에 떠 있는 구름들이 바람에 떠밀려

빠른 속도로 항해하고 있었습니다. 바람이 시원하게 불었습니다.

이렇게 바람이 많이 부는 날이면

제 마음 속에도 바람이 불었습니다.

바람처럼 구름처럼 훌쩍 떠나고 싶었습니다.

길게 자란 풀들이 바람이 부는 방향으로 일제히 드러누웠습니다.

바람이 풀 사이에 길을 만들었고 저는 그 길을 따라 걸었습니다.

#2.

한 때는 혼자서 평생 길가의 작은 꽃 향기만 맡으며 산다고 해도,

평생 작은 나룻배를 노 저으며 산다고 해도,

그렇게 살 수 있을 것 같았습니다.

바람처럼 자유롭고 싶었습니다.

그런데 잠시 잊고 있었던,

두고 온 것들이 떠올랐습니다.

걸음을 멈추었습니다.

자유롭게 떠나고 싶은 마음과 두고 온 것들에게

돌아가고 싶은 마음 사이에서 갈등했습니다.

바람처럼 떠나기에는

제게 소중한 것들이 너무 많아졌습니다.

#4.

바람 속을 떠돌며 방황했던 청춘은

뿌리를 내리면 더 이상 방황하지 않을 줄 알았습니다.

하지만 뿌리를 내린 뒤에도

질풍노도의 시기는 아직 끝나지 않았습니다.

이제는 바람 속을 누비던 자유로움만이

더 이상 허락되지 않을 뿐이었습니다.

#5.

그래도 나쁜 것만은 아니었습니다.

새로운 친구들이 많이 생겼으니까요.

그들이 저를 위로해줄 것입니다.

또다시 바람이 불면 떠나고 싶어서 마음이 흔들리겠지요.

그래도 제 두 발은 이 곳에 서 있으려 노력할 것입니다.

바람이 지나간 곳을 바라보았습니다.

떠나는 자와 남겨진 자.

떠나는 것들은 떠나게 두고 남겨진 자들은

이 곳에서 서로를 위로하는 조촐한 파티를 열었습니다.

#6.

그리고 팔을 높이 뻗어 하늘을 향해 풀쩍 뛰어올랐습니다.

그것은 뿌리를 내린 자에게도 허락되는 자유입니다.

세상 끝까지 멀리 떠날 수는 없어도

두 팔 들어 하늘로 높이 향할 수는 있었습니다.

소녀의 꿈

#1.

어느 날 에이미가 난데없이 기타를 메고 나타났습니다.

헤드뱅잉을 하며 기타를 퉁퉁 튕기며 노래를 했습니다.

락커가 되겠다고 했습니다.

"둥둥 두구두구 둥둥 두구두구~! 예이예~"

에이미의 악을 쓰는 노래 소리에 우리들은 한동안

귀를 막고 살아야 했습니다.

#2.

또 어느 날에는 날도 더운데 느닷없이 코트를 차려 입고

선글라스를 끼고 돌아다녔습니다. 명탐정이 되겠다고 했습니다.

훌륭한 탐정은 작은 단서 하나도 놓치지 않는다며

집안 구석구석을 이 잡듯이 뒤지고 다녔습니다.

그리고 동생들을 추궁했습니다.

그 결과 며칠 전 린이가 컵을 깨뜨리고도

아무 말없이 숨긴 사실을 밝혀냈습니다.

아이들은 한동안 에이미를 피했습니다.

며칠 뒤에는 하루 종일 좁은 방 안에 틀어박혀

실험실 도구들을 가지고 이것저것 섞어보고 가열해보고

큿큿 냄새를 맡았습니다. 과학자가 되겠다고 했습니다.

과학자는 매사에 호기심을 가지고 보아야 한다면서

밥도 그냥 먹지 않았습니다.

꼭 한 숟가락씩 덜어내 비이커에 담아

알코올 램프에 끓여보았습니다.

동생들 머리카락을 한 가닥씩 뽑아

태워보고 현미경으로 들여다 보았습니다.

뭔가 대단한 것을 발견하지는 못했지만

대단한 것을 발견할 것만 같은 분위기였습니다.

#4.

그리고 또 며칠 뒤에는 야구복을 꺼내 입고

혼자서 부지런히 뛰어다니며 공을 던지고 주워왔습니다.

메이저 리그의 최고 투수가 되겠다고 했습니다.

돈도 많이 벌고 광고도 찍을 거라고 했습니다.

동생들에게는 미리 싸인도 한 장씩 해주겠다며 선심을 썼지만

아무도 싸인을 받아가지 않았습니다.

에이미가 던진 야구공에

유리창이라도 깨지기 전에 얼른 에이미의 꿈이 다른 것으로 바뀌기를,

조마조마한 마음으로 지켜보았습니다.

#5.

그렇게 소녀는 하루에도 열두 번씩 다른 꿈을 꾸었습니다.

그렇게 많은 꿈을 꾸는 것은 아이들의 특권이기도 했습니다.

그런데 아이였을 때에는 미처 몰랐던 것이 있었습니다.

무엇이 되어도, 무엇이 되는 것으로 인생은 끝나지 않는다는 것입니다.

여러 번의 시행착오를 거친 뒤에야 무엇이 되는 것보다 더 중요한 것은

어떻게 살아야 하는 지였다는 것을 알았습니다.

무엇이 되든 가장 자기자신다운 삶을 살아가기를!

어디든 닿겠지

#1.

누구나 살다 보면 넘어지고 엎어지기도 한다고,

그러면서 자라는 거라고 말하지만,

막상 어른이 되어 넘어지니 다시 일어서기가 어려웠습니다.

창피하기도 했고 어렸을 때보다 더 많이 더 오래 아팠습니다.

넘어졌을 때는

무조건 털고 빨리 일어나야 한다는 선배의 충고도 듣지 않았습니다.

이왕 주저앉은 김에 그대로 잠시 쉬었다 가기로 했습니다.

하지만 나중에 기운을 차리고 다시 일어서려 했을 때,

당황했습니다.

세상은 저를 이 곳에 남겨두고

저 멀리 앞으로 달려가 버렸던 것입니다.

따라가기에는 이미 아득히 멀어져 버린 뒤였습니다.

넘어졌을 때 바로 일어서지 않으면 다시 일어서기 어렵다 했던

선배의 말이 떠올랐습니다. 선배의 말이 맞았습니다.

저는 어느 길로 가야 할 지,

지금 서 있는 곳이 어디인지조차 알 수 없었습니다.

길을 잃었습니다.

#3.

하지만 그대로 계속 주저앉아 있을 수는 없었습니다.

겁이 났지만 조금씩 조금씩 걸었습니다.

어쩌면 저는 세상이 가는 반대 방향으로 가고 있는 지도 모릅니다.

그래도 괜찮습니다. 길을 잃었어도 괜찮습니다.

길이 아니어도 괜찮습니다.

저는 조심스럽게 두 번째 걸음마를 시작했습니다.

이대로 계속 걷는 것을 멈추지만 않는다면

어디든 닿을 수 있을 것입니다.

겨울의 첫 날

#1.

가을이 겨울의 문턱으로 성큼 넘어선 어느 날,

미니와 저는 남이섬에서 아침을 맞았습니다.

갑자기 기온이 뚝 떨어지는 바람에

빨갛고 노랗게 물들었던 예쁜 나뭇잎들이

바닥에 우수수 떨어져 있었습니다.

저는 그것들이 아까워서 하나 둘 주워담았습니다.

낙엽이 떨어진 길을 걸으면서 미니가 제게 물었습니다.

"나뭇잎들이 다 떨어져 버리면 나무는 죽나요?"

"아니야, 나무는 죽지 않아. 겨울을 준비할 뿐이야."

"하지만 저렇게 옷을 다 벗어버리면 겨울에 더 춥지 않을까요?"

"추위 속에서 더 잘 견디기 위해 나무는 힘을 아끼려는 거야.

겨울에 나뭇잎들은 나무에게 힘들고 거추장스러운 옷이란다."

미니는 고개를 갸우뚱했습니다.

#3.

"앗! 타조다! 타조, 안녕?"

미니가 타조 한 마리를 발견하고 소리쳤습니다.

남이섬에서는 타조가 사람들과 나무들 사이를 아무렇지도 않게

유유히 걸어 다니고 있었습니다.

#4.

"어머! 이 타조도 나무처럼 겨울을 준비하는 건가요?

옷을 하나도 안 입었네."

미니가 나뭇가지들로 만들어진 앙상한 타조 조형물을 보며 물었습니다.

#5.

갑자기 맞이하게 된 겨울의 첫 날을

저는 아무런 준비도 없이 맞았습니다.

이제 다시 세상으로 돌아가면

겨울의 찬 바람과 눈보라를 잘 견뎌내야 할 텐데,

저는 제가 달고 있고 거추장스러운 이파리들까지 모자라

남이 떨어뜨린 이파리들까지 주워담았습니다.

아침에 주웠던 나뭇잎들을 도로 제 자리에 내려놓았습니다.

겨울을 견뎌낼 나무들에게 좋은 양분이 되길 바랐습니다.

마음 속에도 유효기간이 적혀있다면,

이렇게 일일이 다 끌어안고 살지는 않았을 텐데,

저는 제 마음의 유효기간을 알지 못했습니다.

나무는 새로운 계절이 다가오는 것을 알고 대비하는데,

저는 아직도 철 지난 여름 옷을 입고 서 있는 기분이었습니다.

마음 속을 뒤적이며 과감하게 옷장 정리를 해야겠습니다.

Epilogue

강아지　리틀마리　버디　시아　어릿광대　오델리아　토끼　토끼소녀

분신술

#1.

'다른 사람들도 내 마음 같다면…'

가끔 이런 생각을 했습니다. 특히 친한 친구나 가족, 사랑하는 사람에게 서운했을 때에는 그런 마음이 더욱 컸습니다.

분명 내가 아닌 사람들인데 나와 같기를 바라는 마음은 지나친 욕심이라는 것을 잘 알고 있었습니다. 그렇지만 사랑하니까, 믿으니까, 어쩔 수 없이 서운한 마음이 들 수 밖에 없었습니다. 때로는 그것이 마음에 상처로 남기도 했습니다.

#2.

세상에서 나와 가장 가까운 사람들조차 내 마음과 다를 때, 그것을 인정하고 받아들이면서도 세상에 홀로 서 있는 기분을 감당하기 어려울 때가 있었습니다.

그럴 때 저는 제 인형들의 눈을 들여다보았습니다. 인형들은 또 다른 나였습니다.

그들은 제게 한 없는 위로와 이해의 눈길을 보내 주었습니다. 그리고 제가 외로울 때에는 제게 수많은 하트를 날려보내기도 했습니다.

손오공이 자신의 머리카락을 뽑아 자신과 똑같은 손오공들을 수십, 수백 명으로 늘렸다면, 저는 제 인형들의 눈을 보며 저와 똑같은 생각을 하는 친구들을 만났습니다. 그것이 세상에 홀로 서 있어도 든든할 수 있는 저만의 분신술이었습니다. 그들이 언제나 든든하게 제 마음을 지지해주는 한, 저는 좀 더 너그러운 마음으로 세상의 나와 다른 이들을 이해할 수 있었습니다.

데자뷰

#1.

커다란 도넛.

먹어도 먹어도 줄지 않는 마법의 도넛.

뭐부터 먹을까?

냠냠냠. 아유, 맛있어!

에필로그 둘

#2.

나의 보물 목록. 인형 오델리아.

반짝반짝 빛나는 구슬들.

이모가 외국에서 사다 주신 새 크레파스. 빨간 무당벌레.

그 중에 보물 1호는 당연히 아빠가 생일날 선물해주신 나의 오델리아!

#3.

외로운 어릿광대 소녀.

그녀를 찾아오는 또 다른 외로운 친구들.

외로움은 또 다른 외로움을 만나 친구가 되었고,

그녀는 다시 웃으며 무대 위로 올랐다.

에필로그 둘

#4.

언니를 따라 숲 속으로 놀러 나온 앨리스.

그리고 앨리스의 눈에 뜨인 이상한 나라의 토끼.

토끼를 따라갈까 말까?

#5.

체스판을 앞에 두고 소곤소곤 소곤소곤,

그들만의 비밀스런 작전 타임.

간질간질 간질간질, 귀가 간지러워.

타임 아웃!

에필로그 둘

#6.

어디서 봤더라?

이미 보았던 것처럼 느껴지지만

실제로는 한 번도 본 적이 없는

그녀들 마음 속의 데자뷰.

에필로그 하나. 인형놀이 – 마리(Takara, Blythe, 'Primadolly Saffy')

1. 하늘에서 놀던 오후 – 에이미(Tonner Co. Linda McCall 'Cabana Linda')
   린이(Tonner Co.Linda McCall 'Tinkerbelle Linda')
2. 여행 – 반디(Tonner Co. Sophie 'Santa's Little helper')
3. I am happy – 수(Takara, Blythe 'Last Kiss')
4. 길 위에서 – 연두(Tonner Co. Linda McCall 'An American in Paris')
5. 꽃잎의 추억 – 미쉘(Takara, Blythe 'Angelica Eve')
6. 나무타기 – 요이(Secret Doll, Yoi)
7. Replay of the sea – 코코(Tonner Co. Georgia '2004 Basic Georgia')
8. 나 어렸을 적에 – 꼼순(Takara, Blythe 'Paradise by Mono Comme Ca')
9. 나의 곰돌이 – 별이(Tonner Co. Linda McCall)
10. 단벌숙녀 – 아기 돼지 앨리스(ELF Doll, 2nd Special Limited Alice Cherry
    Blossom, Ballerina)
    꼬마 벳시(Tonner Co. Tiny Betsy 'Lilac & Lace Trunk Set')
11. 사랑은 슬픈건가요? – 나영(Takara, Blythe 'Skate Date')
12. 사랑을 시험하다 – 니키(Tonner Co. Ann Estelle 'Anything's Possible')
    마이클(Tonner Co. Michael)
13. 세상 바라보기 – 린이(Tonner Co.Linda McCall 'Tinkerbelle Linda')
14. 첫사랑 – 니키(Tonner Co. Ann Estelle 'Anything's Possible')
    마이클(Tonner Co. Michael)
15. 시간의 정원에서 – 요이(Secret Doll 'Yoi')
16. 어느 왕비의 무덤 앞에서 –소피(Tonner Co. Sophie 'Symphony sophie')
17. 비 오는 날 – 린이(Tonner Co.Linda McCall 'Tinkerbelle Linda')
    별이(Tonner Co. Linda McCall)
18. 놀이공원에서 – 연두(Tonner Co. Linda McCall 'An American in Paris')
19. 야구장에서 – 에이미(Tonner Co. Linda McCall 'Cabana Linda')
    연두(Tonner Co. Linda McCall 'An American in Paris')

20. 여우비 – 미쉘(Takara, Blythe ‘Angelica Eve’)
21. 원더우먼 – 나영(Takara, Blythe ‘Skate Date’)
22. 위로 – 요이(Secret Doll, Yoi 썬탠버젼)
23. 젓가락 행진곡 – 꼬마 벳시(Tonner Co. Tiny Betsy ‘Lilac & Lace Trunk Set’)
    신영(Tonner Co. Tiny Ann Estelle, ‘Bitsy Ballerina’)
24. 클로버만 보면 – 제이미(Takara, Blythe, ‘Welcome Winter’)
25. 꿈이라면 – 꼼순(Takara, Blythe ‘Paradise by Mono Comme Ca’)
26. 아기 천사 – 별이(Tonner Co. Linda McCall)
27. 비밀의 정원 – 코코(Tonner Co. Georgia ‘2004 Basic Georgia’)
28. 보헤미안 걸 – 미니(Takara, Blythe, ‘Darling Diva’)
29. 소녀의 꿈 – 에이미(Tonner Co. Linda McCall ‘Cabana Linda’)
30. 어디든 닿겠지 – 서은영 ‘마리의 정원’
31. 겨울을 준비하며 – 미니(Takara, Blythe, ‘Darling Diva’)

에필로그 하나, 분신술 – 서은영 ‘마리의 정원’
에필로그 둘, 데자뷰 – 서은영 ‘마리의 정원’

시크릿돌: www.secretdoll.com

첫판 1쇄 발행 | 2008년 9월 22일

지은이 | 이승은
펴낸이 | 문종현
펴낸곳 | 도서출판 달과소
영업책임 | 배승원

출판등록 | 2004년 1월 13일 제2004-6호
주소 | 우)121-840 서울시 마포구 서교동 247-17 신한빌딩302호
전화 | 0502-123-8889
팩스 | 0502-123-8890
이메일 | chonnom@dalgaso.co.kr

디자인 | 디자인수
찍은곳 | 신우문화인쇄

ISBN : 978-89-91223-25-7 03810

가격 | 13,500원